KB162815

말하지 않아야 할 때

이영표의 말

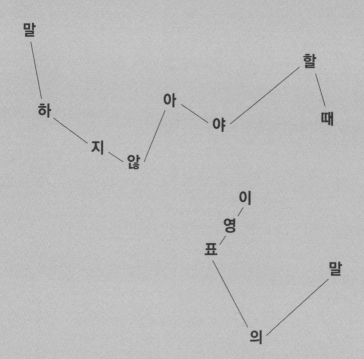

말
하
지 않
아 야
할
때

이
표 영
의
말

머리말

대표팀에서 히딩크 감독을 보고 놀란 것은

적절한 순간에 꼭 필요한 말을 한다는 사실이었습니다.

그러나 네덜란드에서 히딩크 감독과 3년을 보내면서 말의 힘은

말할 때가 아니라 말하지 않을 때 나온다는 사실을 배웠습니다.

지도자에게 중요한 것은 상황을 꿰뚫는 한마디이지만

더 중요한 것은 해서는 안 될 말을 하지 않는 것입니다.

침묵이 최고의 언어가 될 때가 있습니다.

일러두기

○ 이 책은 홍성사가 발간하는 회보 〈쿰〉에 실리는 '밴쿠버 통신' 꼭지를 엮은 것입니다.

○ 131쪽, 154~155쪽, 166~167쪽 사진은 저자가 제공한 것입니다.

차례
—

머리말 ········· 6

1부 ········· 11

2부 ········· 69

3부 ········· 119

169 ········· **4부**

기본이면
충분합니다

축구 경기에서 실점의 95퍼센트는 반드시 지켜야 하는 축구의
기본을 수비수들이 최소한 5차례 이상 지키지 않았을 때
발생합니다. 세계적 수준의 수비수가 되는 조건 중 하나는 축구의
기본, 그 기본을 철저히 지키는 평범함에 있습니다. 스포츠에도,
우리 삶에도 기본을 지키는 것만큼 중요한 것은 없습니다. 그리고
기본을 지키는 것만큼이나 어려운 것도 없습니다.

각자의 분야에서 최고가 되는 길… 소수만이 갖고 있는
특별한 재능이 아니라 우리 모두 할 수 있는 '기본', 그 기본이면
충분합니다.

기본을 철저하게 지키십시오. 당신은 곧 특별해질 것입니다.

이기는
법칙

흔히 축구는 패스 게임이라고 합니다. 열한 명의 선수가 공을
잘 주고받을 때 좋은 경기를 할 수 있고, 좋은 경기를 하는 팀이
결국 승리하게 됩니다.

좋은 패스가 나오려면 받는 사람과 주는 사람 사이에 배려가
중요합니다. 패스를 받는 사람은 패스를 줄 수 있는 타이밍에 주고
싶은 공간과 방향으로 움직이는 것이 중요하고, 주는 사람은 받는
사람이 언제 어디로 어떻게 받고 싶어 하는지 마음을 읽는 것이
무엇보다 중요합니다. 축구에서 나오는 '나이스 패스'는 서로의
마음을 이해하고 배려한 멋진 작품이며 관중은 상대의 수비
조직력을 무너뜨리는 멋진 패스 한 방에 환호하고 열광합니다.

그러나 항상 좋은 패스만 나오는 것은 아닙니다. 동료를 오해하거나
마음을 잘 읽지 못했을 때 나오는 '패스 미스'처럼 축구와 우리의
삶은 비슷한 점이 많습니다. 남을 배려하고 동료의 기준에서
생각할 때 좋은 패스가 나오는 것처럼 우리의 삶도 먼저 배려하고
잘 나누며 잘 나누어 받는 사람이 승리합니다. 소통의 시작이
배려라면 불통의 시작은 언제나 '나' 자신입니다.

팀이 이겨야 내가 이기는 것처럼 헌신하면 내가 이기게 되는
법칙을 잊지 않으면 좋겠습니다.

초점이
중요합니다

팀 훈련을 할 때 축구가 많이 늘지만 진짜 실력이 늘 때는 개인 운동을 할 때입니다. 좀더 빨리 움직이고 민첩해지기 위해서 줄넘기를 2년 동안 하루도 빠짐없이 했습니다. 천 번을 하겠다 생각하고 백 번씩 열 번 나눠서 했습니다. 백 번 하면 너무 힘들기 때문입니다.

그런데 2년간 매일같이 하니까 2단 뛰기 천 번을 한 번에 할 수 있게 되었습니다. 2년 동안 줄이 두 번 끊어졌습니다. 한 번은 손잡이와 연결 고리의 쇠가 갈려서 끊어졌고, 또 한 번은 줄이 닳아서 끊어졌습니다. 2단 뛰기는 줄이 땅에 닿지 않는데 백 번을 하고 쉴 때 1단 뛰기를 하면서 줄이 끊어졌습니다.

저는 대학교 4학년 때까지 단 한 번도 주니어 대표라든가 청소년 대표에 뽑히지 못했습니다. 그런데 대학교 4학년 때 올림픽 대표가 되었고 3개월 만에 국가대표가 됐습니다.

지금 내 실력은 남들이 정확하게 판단하지 못합니다. 지금 실력을 인정하고 어떻게 발전해 나갈지 초점을 맞추는 것이 중요합니다.

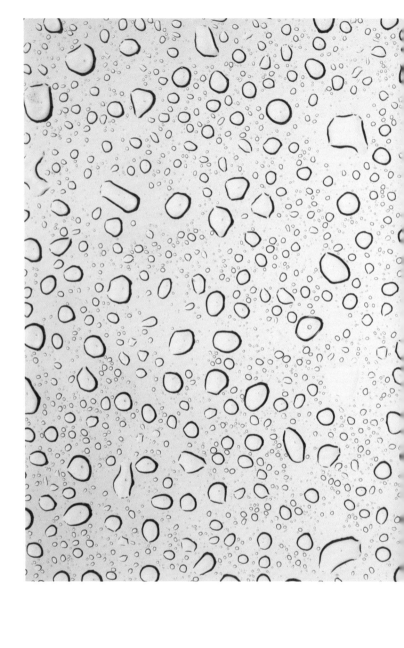

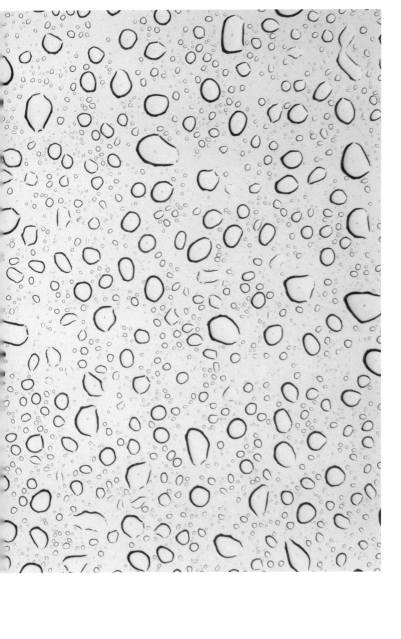

하고 싶은 것
하기 싫은 일

인간은… 뛰면 걷고 싶고… 걸으면 서고 싶고… 서면 앉고 싶고…
앉으면 눕고 싶고… 누우면 자고 싶습니다. 지금 '하고 싶은 것'을
한 만큼… 나중에 '하기 싫은 일'을 억지로 해야 하는 날이 온다는
사실을 기억해야 합니다.

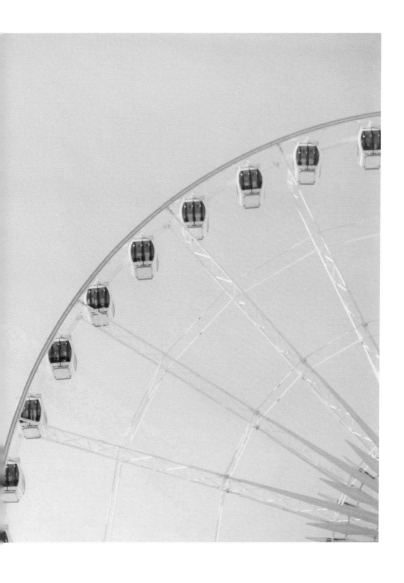

절망은
성공의
조건

피하고 싶고… 실패와 절망 가운데 과연 이 길이 내 길인가… 하는
두려움 속에 있습니까? 그렇다면 당신은 성공한 모든 사람들이
지나간 바로 그 길 위에 있군요.

깊은 절망감… 그것은 성공의 절대 조건입니다.

재능

자신이 무엇을 잘할 수 있는지를 찾다가 20대를 허비하는
친구들을 많이 봅니다. 재능을 찾느라 인생의 가장 귀한 시간을
낭비할 필요는 없습니다. 재능은 찾는 것이 아니라… 만드는
것이니까요.

2단 뛰기
1,000회,

3단 뛰기
100회

미국 원정 경기에 갔을 때 일입니다. 열다섯 살 정도 되어 보이는 아이와 그 아버지가 내게 와서 물었습니다.

"어떻게 하면 축구선수로 성공할 수 있습니까? 가장 중요한 것 한 가지만 말씀해 주십시오."

2, 3분간의 짧은 대화였지만 숙소로 돌아오는 내내 그 질문이 머릿속에서 떠나지 않았습니다. 어린 시절 나 자신에게 수도 없이 던졌던 바로 그 질문이었기 때문입니다.

'어떻게 하면 축구선수로 성공할 수 있는가? 축구선수로 성공하기 위해서는 무엇이 필요한가?'

저는 축구를 더 잘하기 위해 순발력과 민첩성이 필요하다 느껴 줄넘기 2단 뛰기를 매일같이 2년을 했고, 1,000회를 한 번에 할 수 있게 됐습니다. 3학년이 되자 3단 뛰기 100회를 하고 있는 내 모습을 보면서 노력이 어떠한 결과를 만드는지 놀랐습니다. 어떤 비책이나 지름길을 기대했을지 모를 아이와 아버지의 질문에 대답할 수 있는 것은 이것이 전부였습니다.

"나랑 경쟁한다고 생각하는 친구들보다 더 열심히, 많이 노력하면 됩니다."

노력이란 원하지 않는 결과가 주는 고통과 좌절감을 미리 나누어 갖는 것입니다. 노력에도, 원하지 않는 결과에도 모두 고통이 따릅니다. 그러나 노력에서 오는 통증이 더 견디기 쉽습니다.

어떤
벤치에
앉아 있습니까

1999년부터 2013년까지 제가 뛴 프로 경기와 국가대표 경기를
더하면 500경기가 넘습니다. 수많은 경기 중에서 가장 힘들었던,
가장 많은 영향을 주고 나를 발전시킨 경기들은 최고의 결과를
얻은 경기도 아니고 아슬아슬하게 져서 아쉬움이 남는 경기도
아니었습니다. 가장 힘든 경기는 주전 경쟁에서 밀려 벤치에 앉아
지켜봤던 경기들이었습니다. 축구 선수는 벤치에 앉아 있을 때
경기장에서 절대 배울 수 없는 것들을 배웁니다. 우리 삶의 목적이
더 발전하고 더 배우는 것이라면, 더 성장하는 것이라면… 벤치에
앉는 것을 두려워해서는 안 됩니다.

경기에 나서지 못하는 후보 선수처럼 관심을 받지 못한 채 무거운
마음으로 외로이 앉아 있습니까? 그곳이야말로 더 발전할 수 있는,
더 겸손해지며 더 배울 수 있는 최고의 장소입니다. 벤치에서
아무것도 배우지 못하는 선수, 아무것도 배우고 싶어 하지 않는
선수는 좋은 선수는 물론 좋은 사람도 될 수 없습니다. 여러분이
앉아 있는 벤치… 그곳은 분노와 불만, 상심의 장소가 아니라
희망과 겸손, 그리고 노력의 장소여야만 합니다.

경기장에서 가장 소외된 벤치. 여러분은 지금 어떤 벤치에 앉아
있습니까?

복기(復碁)

고수들이 바둑이 끝난 뒤 처음부터 끝까지 복기할 수 있는 이유는 한 돌 한 돌에 의미와 이유가 담겨 있기 때문이라고 합니다.

중학교 1학년 때 저는 교장 선생님의 교육 철학에 따라 자기관리 기록장을 써야 했고 그것은 전교생의 의무였습니다. 그런데 기록장 표지에 있는 첫 질문이 '나는 누구인가?'였습니다. 그때까지 받아 본 질문 중에 가장 답하기 어려운 질문이었습니다. 상대가 누구인가만 생각했지 내가 누구인가에 대해서 한 번도 의문을 가져 본 적이 없던 나에게 그 질문은 충격 자체였습니다.

아일랜드 출신의 극작가 오스카 와일드는 소수의 사람들만이 자신의 삶을 살고 대부분의 사람들은 그저 존재한다고 했습니다. 삶에 의미를 담고 사는 사람들은 결국 누군가로부터 복기되고 기억됩니다. 자신이 누구인지 아는 사람은 그저 존재하는 자가 아니라 자신의 삶을 사는 자가 됩니다. 나는 지금 내 삶을 사는 것인가, 그저 존재하고 있는 것인가….

자기 삶을 사는 자와 존재하는 자의 차이를 깊이 생각하게 되는 새벽입니다.

점과
점을
이으면

모든 선은 점에서 시작한다. 점 하나로는 방향을 예측할 수 없지만
또 다른 점 하나를 찍어 연결하면 선이 되고, 우리는 곧 선의
흐름과 방향을 예측해 나갈 수 있다.

인생도 과거와 현재를 연결하면 어느 정도 미래의 나를 가늠하게
된다. 하지만 나의 어제와 오늘이 마음에 들지 않았다 해서
내일마저 절망할 필요는 없다. 어제의 나를 살펴 오늘의 나를 바꿀
수만 있다면 나의 내일은 분명히 달라질 것이기 때문이다.

과거와 오늘을 충돌시키는 고통과 불편함을 용기 있게 마주할 수
있는 사람은 새로운 내일을 가진 사람이다.

갈림길

신앙을 가진 청년이라면 인생의 중요한 결정을 앞둔 순간…
주님의 뜻을 구하는 기도를 하게 됩니다. 갈림길 앞에서 무엇이
올바른 길인지 묻는 동시에, 왼쪽 길을 선택하면 왼쪽의 결과가,
오른쪽을 선택하면 오른쪽 길을 선택한 결과가 나올 것 같지만
선택보다 중요한 것은 길을 선택하는 마음가짐입니다. 우리의
마음이 선하다면 우리가 어떤 길을 선택하든 하나님께서는 동일한
결과를 만드십니다.

인생의 갈림길 앞에 섰을 때… 멈춰 서서 생각해야 하는 이유는 더
나은 길을 선택하기 위해서가 아니라 선택한 길이 주님께서 나에게
주신 길임을 믿고 후회하지 않겠다는 다짐의 시간이 필요하기
때문입니다.

우리에게 더 나은 길, 올바른 선택이란 언제나 그분과 함께하는
'길'뿐입니다.

포기 〉선택

아이러니하게도 '선택'의 전제 조건은 '포기'입니다. 우리는 무언가를 선택하기 전에 의식적으로 혹은 무의식적으로 무언가를 포기하는 결정을 내리게 됩니다. 한가득 움켜쥔 양손으로는 새로운 것을 취할 수 없기 때문입니다. 선택이 곧 포기를 의미하고 포기가 선택보다 먼저 이루어지는 결정이라면 우리가 더 신중히 고민해야 할 것은 '무엇을 선택할 것인가'가 아니라 '무엇을 먼저 포기할 것인가'입니다.

포기가 선택보다 중요한 이유입니다.

오늘
잘
죽었습니까?

"모든 인간은 태어나는 순간부터 죽음을 향해 달려간다."
오늘 하루를 살았다는 말은… 사실 오늘 하루 죽은 것을
의미합니다. 모든 인간은 죽습니다. 그리고 죽기 1년 전, 한 달 전,
하루 전, 한 시간 전, 1분 전이 반드시 찾아옵니다. 문제는 우리가
그 1분 전을 전혀 예측할 수 없는 데 있습니다. 오늘이 아니라
모두에게 찾아오는 '그 순간'의 시선에서 뒤돌아보면 오늘 하루는
사실 산 것이 아니라 하루만큼 죽은 것입니다.

하루를 죽었으면서도 하루를 살았다고 착각하는 우리는
진실보다는 욕망을, 의미보다는 결과를 추구하고, 화해보다는
다툼을 일삼으며 오늘도 죽어 갑니다. 살아가고 있다는 착각이
아니라 죽어 가고 있다는 현실 앞에서만 진실하게 자신의 삶을
바라보고 허상과 탐욕을 마주할 수 있습니다.

오늘 하루… 우리는 살았습니까? 죽었습니까?

하지
않을 수
있는 자유

진정한 자유의 조건은 하고 싶은 것을 하는 것이 아니라 하고 싶은 것을 하지 않을 수 있을 때 충족되는지 모르겠습니다. 하고 싶고, 갖고 싶고, 되고 싶은 욕구에 갇혀 있음에도 하고, 욕구대로 하는 것을 자유라 할 수 있을까요…. 자유는 '할 수 있는가'의 문제가 아니라 '하지 않을 수 있는가'의 문제일 수도 있습니다.

자신의 자유를 해치는 첫 번째 원인은 외부의 환경이 아니라 자신의 욕구와 욕망입니다.

2

판단
중지

언제인가부터 악한 것을 보면 즉시 판단하고 선한 것을 보면
의심하는 버릇이 생겼습니다. 선과 악을 구분해야 한다는 나의
결심이 잊고 있던 것은 나 자신이 악한 존재라는 사실이었습니다.
문제는 '선과 악'이 아니라 바로 나 자신의 악한 시선입니다.
잘못된 시선은 프리즘과 같이 모든 것을 왜곡시킵니다. 그리고
마침내 선조차도 악으로 이해하게 만듭니다. 나의 잘못된 시선을
인정하고 스스로 선과 악을 판단하지 말아야겠습니다.

악이 감히 선을 판단할 수 있겠습니까.

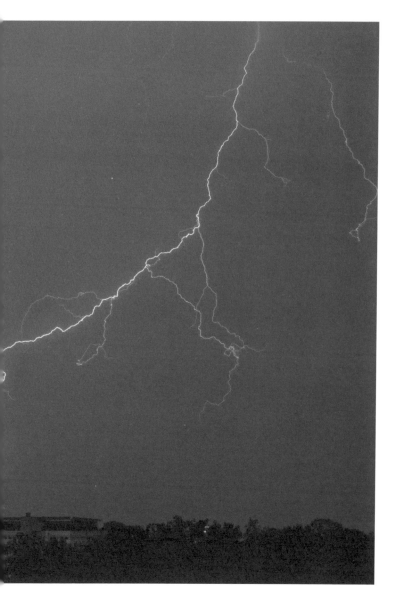

할 수 있는 일
할 수 없는 일

직장에서 인정받는 인재이지만 동료들의 시기와 질투 때문에
직장 생활을 힘들어 하는 청년을 만난 적이 있습니다. 누구나
자신도 모르게 남을 비판하고 질투했던 기억이 있기에 시기,
질투가 낯설지만은 않습니다. 사람들의 평가나 시선에 지나치게
신경을 쓴다면 이는 평가나 시선에서 자유 하지 못하다는
증거입니다. 사람의 시선을 의식할 때 인간의 죄성에 상처 입는
자신을 보게 됩니다. 모든 것이 그런 것은 아니지만 대부분의 경우
자신이 할 수 있는 일과 할 수 없는 일이 존재합니다. 가령 상처
주는 사람을 막을 수는 없어도 스스로 상처받지 않는 것은 가능한
일입니다.

사람들로부터 상처받지 않는 유일한 방법은 칭찬받고 싶은
마음에서 자유 하는 방법밖에 없습니다. 칭찬받고 싶은 마음에서
자유 할 때 비로소 비판과 시기, 질투에서 자유 할 수 있습니다.
나를 미워하는 사람이 싫다면 걱정하지 마세요. 나를 싫어하는
바로 그 사람을 싫어하는 사람도… 반드시 있는 것이 사실입니다.

창조력

약간의 스트레스와 강압이 오히려 창조력을 증폭시킨다는
연구 결과는 놀랍다. 창조력은 제한하지 않는 무한한 자유에서
비롯된다는 생각은 틀렸다. 진정한 자유는 질서와 규칙이라는
틀 안에서 이루어질 때 진정한 가치를 인정받는다. 질서와 규칙은
자유를 막는 장애물이 아니라 자유를 더욱 자유롭게 하는
기폭제이다. 그러므로 진정한 자유는 '하는 것'이 아니라 '하지
않는 것'이다.

'할 수 있지만 어떤 이유로 하지 않는 것.' 이것이 자유와 방종을
구별하는 기준이다.

결정한다는
착각

원하는 대로 삶을 결정할 수 있다는 착각 속에 많은 사람이 살아간다. "나는 나를 믿는다", "내 인생은 내가 결정한다"라고 말하는 청년들을 만날 때마다 내 모습이 떠오른다. 선택하고 결정할 수 있는 극소수의 몇 가지가 전부라고 여겼던 나 자신 말이다. 국가, 부모, 자식, 나이, 성별, 키, 피부색 그리고 생김새….

그렇다. 내 인생에서 가장 중요한 것들, 내가 반드시 결정해야 했던 것들은 내가 결정하지 않았다. 내가 결정할 수 있는 것들은 실은 결정하지 않아도 되는 것밖에 남지 않았음을 깨닫는다.

이유가
목적을
만든다

일에는 반드시 목적이 있고, 목적에 대한 이유가 존재한다. 목적과 이유가 분명한 사람만이 좌절하지 않고 끝까지 달려갈 수 있다. 일의 시작보다 중요한 것은 분명한 목적과 이유다.

출발점(이유)과 도착점(목적)이 분명한 여행은 이미 성공한 여행이다. 목적은 구체적이지만 이유까지 분명한 사람은 많지 않다. 의사가 되겠다(목적)는 이유가 사람 살림이 아니라 돈과 안정된 삶이라면, 변호사가 되겠다(목적)는 이유가 약한 자 대변이 아니라 명성과 안정된 삶이라면 그 목적은 이유와 균형을 이루지 못한다. 이유를 먼저 생각하면 비현실적으로 느껴지던 목적이 의외로 쉽게 보인다. 즉 의사만이 사람을 살리는 것이 아니며, 변호사만이 약한 사람을 대변하지 않는다는 사실을 발견하게 될 것이다.

분명한 이유(사람 살림, 약자 대변 등)가 있다면 굳이 의사, 변호사가 되지 않아도 됨을 발견할 것이다. 삶의 이유를 찾으라! 그러면 삶의 목적은 쉬워진다!

틀리다 ≠ 다르다

'틀리다'의 사전적 의미는 '마음이나 행동 따위가 올바르지 못한 것'이고 '다르다'의 사전적 의미는 '비교되는 두 대상이 서로 같지 않다'는 뜻입니다. '틀리다'가 잘못이나 옳지 못한 행동을 말하는 단어라면 '다르다'는 그저 단순 구분을 뜻하는 단어입니다.

언제부터인가 자신과 생각이 다른 사람들을 향해 '다르다'가 아니라 '틀리다'라는 잘못된 표현이 쓰이기 시작했고 "틀린 게 아니라 다른 거야"라는 말이 유행처럼 번진 적이 있습니다. 자기중심적이고 이기적인 인간의 죄성이 '다른 것'을 '틀린 것'으로 착각했다면, 오늘날 인간 중심적이고 선과 악을 구별하지 못하는 사람들은 틀린 것을 다른 것이라고 말하고 있습니다.

다른 것을 틀리다고 생각하는 만큼이나 틀린 것을 다를 뿐이라고 생각하는 것도 위험천만한 일입니다. 다른 것을 틀리다고 말하고 틀린 것을 다르다고 말하는 세상 속에서 다른 것을 다르다고 말하고 틀린 것을 틀리다고 말하는 것이 이제는 위대한 일이 되어 버렸습니다.

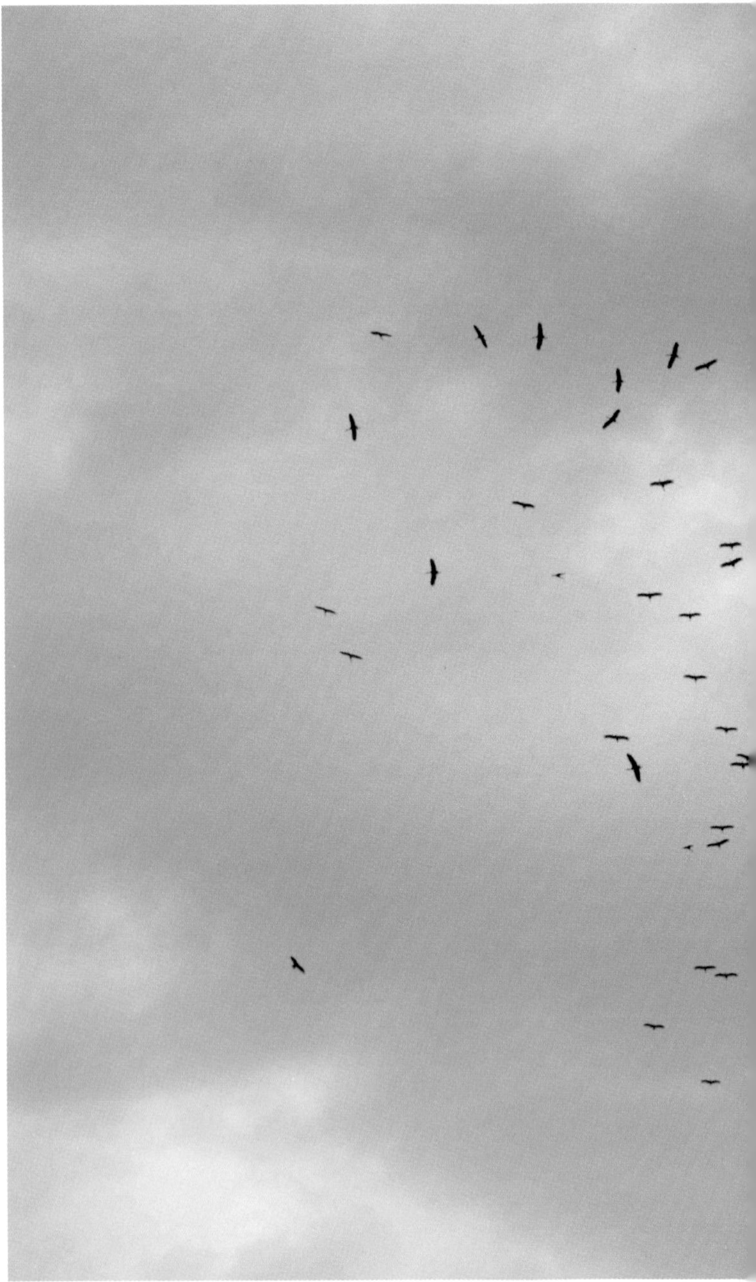

어디에나
기적

표준대국어사전이 말하는 기적의 정의는 "신에 의하여 행해졌다고 믿어지는 불가사의한 현상"이다. 그렇다면 우리의 일상은 기적이다. 해가 뜨는 기적, 바람이 부는 기적, 꽃이 피는 기적, 비가 오는 기적….

우리가 그분을 느끼지 못하는 것은 그분이 너무 멀리 계시기 때문이 아니라 너무나 가까이 계시기 때문이다. 기적이 계속되면 더 이상 기적을 기적이라 부르지 않는다.

하지만 기적이 매일같이 반복된다고 해서 기적 자체가, 기적이 아닌 것은 아니다.

공평의
기준

언제부터인가 딸아이들이 "It's not fair"라는 말을 자주 합니다. 아이들이 노는 모습을 자세히 살펴보니 자신의 입장에서 맘에 들지 않거나 마음대로 되지 않을 때 이 말을 한다는 사실을 알게 되었습니다. 공평이라는 의미의 주체가 '모두'가 아닌 '자기 자신'이 될 때, 자신이 느끼는 공평이 타인에게는 불공평이 됩니다. 이러한 모습은 바로 나 자신의 모습이기도 합니다.

지금까지 느꼈던 불만과 불공평의 감정이 대부분 '나' 자신을 주체로 한, 잘못된 기준이었음을 깨달았습니다. 나는 하나님께서 온전히 공평하신 분이며 이 땅을 공평히 창조하셨음을 믿습니다. 공평하신 하나님께서 만드신 이 땅에서 내가 불공평함을 느낀다면 그것은 세상이 아니라 나 자신이 불공평하기 때문에 그럴 것입니다.

'불공평'하다고 느끼는 우리의 감정이 오히려 '공평'하지 않을 때도 많습니다.

악은
선의
조연

인류 역사에서 악인들은 언제나 선한 사람들의 조연에
머물렀습니다. 역사의 페이지마다 등장하는, 세상의 권력과 부를
다 가졌던 악인들 때문에 선한 영웅들이 더 빛날 수 있었습니다.

주변에 악한 사람들이 많습니까? 선한 당신을 빛나게 하려는
고마운 사람들입니다. 그 탐욕스러운 사람들의 악이 당신의
선함을 더욱 분명히 드러낼 것이기에 선한 당신은 오늘도 역사의
주인공입니다.

어두움은 그저 빛을 돋보이게 하는 바탕화면일 뿐입니다.

흔적은
남는다

인간의 삶이 지나간 자리에는 언제나 흔적이 남는다. 타운하우스 지하에 있는, 일주일에 한 번씩 비워야 하는 대형 쓰레기통이 비워지지 않았을 때, 일주일 동안 살며 내가 세상에 남긴 확실한 흔적이 무엇인지 더욱 뚜렷해진다. 나름 필요한 것들을 취하고 필요 없는 것들을 버리며 산 일주일의 흔적으로 쓰레기 외에 뚜렷하게 기억나는 것이 없다면 그 삶은 비극이다.

어떤 흔적을 남기기 위해 살지는 말자! 그러나 내가 지나간 길에는 반드시 흔적이 남는다는 사실은 기억하자!

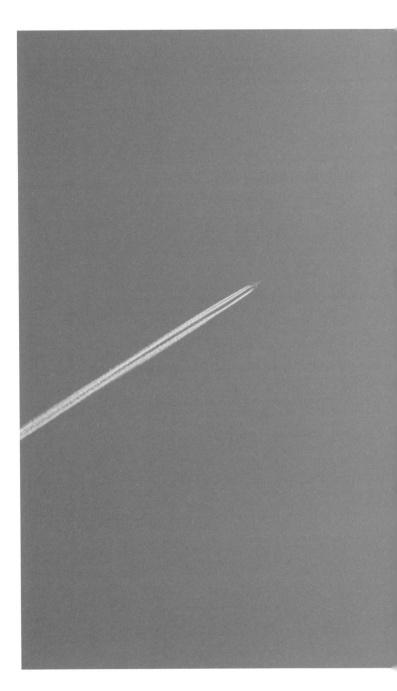

지금을
판단하지
말자

있어야 할 것이 있는 것은 중요하다. 그러나 없어야 할 것이 없는
것은 더 중요하다. 가야 할 곳에 가는 것은 중요하다. 하지만 가지
말아야 할 곳에 가지 않는 것은 더 중요하다. 할 말을 하는 것보다
하지 말아야 하는 말을 하지 않는 것, 그것이 더 중요하다. 해야
할 일을 하는 것보다 하지 말아야 할 일을 하지 않는 것이 더
중요하다.

아는 것보다 모르는 것이, 보는 것보다 보지 않는 것이, 듣는
것보다 듣지 않는 것이, 있는 것보다 없는 것이, 승리하는 것보다
지는 것이, 붙는 것보다 떨어지는 것이, 성공보다 실패가, 잘하는
것보다 오히려 못하는 것이 더 좋을 때가 있다.

그러나 이 모든 때는 시간이 지나야만 알 수 있다. 지금을
판단하지 말자! 과거에도 '그런 줄 알았던' 적이 얼마나 많았던가.

복의
기준

복은, 내가 좋아하는 것과 싫어하는 것이 아니라 하나님으로부터 온 모든 것과 그렇지 않은 모든 것을 기준으로 나누어야 한다.

가끔씩 견디기 힘들 만큼의 고통과 고난의 시간이 주어질 때 종종 이유를 따져 묻고 서운함을 드러낸 적이 많았다. 그러나 아무리 생각해도 오늘날 나의 나 된 것은, 성공이 아니라 실패와 좌절… 그리고 나 자신에 대한 깊은 절망감이었다.

그렇다. 하나님으로부터 온 모든 것은 그것이 절망처럼, 실패처럼 보일지라도 결국은 복이다.

3

리디아 고의
아름다움

LPGA 메이저대회인 KPMG 여자 PGA 챔피언십(2015)에서 박인비 선수가 세계 랭킹 1위였던 리디아 고를 2위로 밀어내고 1위 자리에 올랐습니다. 전 세계 골프 기사가 박인비 선수 이야기로 가득했지만 정작 제 마음을 사로잡은 것은 54대회 연속 컷 탈락을 당하지 않던 리디아 고의 2라운드 컷 탈락 소식이었습니다.

2라운드 13번 홀에서 리디아 고가 어드레스 자세(스윙 준비 자세)에 들어간 직후 공이 저절로 조금 움직였습니다. 아무도 모르는 상황이었지만 리디아 고는 자진 신고하여 벌타 하나를 받았습니다. 1타 차이로 컷 탈락이 되었기에 만일 그 사실을 숨겼다면 '55대회 연속'이라는 기록을 세울 수도 있었습니다. 2014 시즌 개막전에서도 리디아 고는 똑같은 상황에서 1벌타를 자진 신고했고 결국 1타 차이로 우승을 놓친 경험이 있었습니다.

'정직'은 어떤 의미에서 '선택'입니다. 그리고 우리들의 '선택'은 곧 우리의 '인격'이 됩니다. 세계 랭킹 1위를 지키는 것보다 정직한 2위가 소중하다는 리디아 고의 '선택'은 그녀가 어떤 인격의 소유자인지 스스로 증명하는 예입니다.

라인이
없다면

축구 경기장을 구성하는 터치라인, 골라인, 하프라인,
페널티에어리어 등은 모두 라인(선)으로 구성되어 있으며 라인은
축구를 할 때 반드시 지켜야 할 질서와 규칙이기도 합니다.

재미있는 것은 모든 라인은 상황에 따라 내 편이 되기도 하고
상대 편이 되기도 한다는 사실입니다. 공이 상대의 몸에 맞고
나가면 우리 편에게 공격권 즉 '권리'가 주어지고, 우리 편 몸에
맞은 공이 라인 밖으로 나가면 공을 상대방에게 주는 '의무'를
다해야 합니다. 라인은 세상을 살아가면서 당연히 누려야 할
'권리', 인간이라면 지켜야 하는 '의무'와 유사점이 있습니다. 내가
경기장에서 규칙을 지키는 것이 내 '의무'라면 상대가 경기장에서
규칙을 지키는 것은 내 '권리'입니다. 내 '권리'는 내가 '의무'를
다하는 것에서 시작되고 내가 '의무'를 다하는 것이 곧 '권리'를
찾는 길이기도 합니다.

우리의 마음을 들여다보면 의무와 권리 사이에서 권리를 먼저
내세우는 모습이 보입니다. '라인'과 '룰' 없이 축구 경기를
할 수 없는 것처럼 '규칙'과 '질서' 없이는 행복하게 살 수
없습니다. 우리의 '의무'는 곧 우리의 '권리'입니다.

1센트의
가치

테이블 정리를 하다가 우연히 동전 하나를 발견했다. '1928'이라는 숫자와 세월이 만든 장엄한 색채를 보는 순간 왠지 모를 존경심이 생기기 시작했다. 90년이라는 긴 시간….

1센트라는 돈의 가치는 점점 떨어져 이제 1센트로는 아무것도 살 수가 없다. 그렇다고 해서 이 1센트가 1센트라는 자신의 본질마저 상실하지는 않았다. 아주 긴 시간이 지난 후라면, 우리의 가치도 이 1센트처럼 아무것도 할 수 없는 상태가 될지도 모른다. 그러나 바로 그때… 이 1센트가 그랬던 것처럼 가치는 상실해 갈지라도 인간의 본질은 상실하지 않는, 그런 사람이 되어야겠다.

브라질 올림픽
최고의 장면

2016 브라질 올림픽 육상 여자 5,000미터 예선 경기.

2,500미터를 달릴 때쯤 앞서 달리던 니키 햄블린(뉴질랜드) 선수가
갑작스레 넘어졌고 뒤따라 달리던 애비 다고스티노(미국) 선수도
함께 넘어지고 맙니다. 보통은 지체 없이 일어나 다시 달리는데,
먼저 일어난 애비 다고스티노는 넘어져 있는 니키 햄블린에게
손을 내밀어 일으켜 주었고 정작 자신은 무릎 연골 부상으로 다시
쓰러지고 말았습니다. 이번에는 햄블린이 다고스티노를 일으켜
세웠고, 그들은 가장 늦게 그러나 가장 행복하게 5,000미터
지점을 통과했습니다.

길고 긴 노력을 통해 세계 최고가 되는 모습은 감동스럽습니다.
그러나 이번 브라질 올림픽 최고의 장면은 볼트의 3회 연속
금메달도, 브라질 축구의 120년 만의 첫 금메달 획득도 아닌, 여자
5,000미터 예선 2조 경기였습니다. 목표 자체에 매몰되어 삶의
가치를 훼손시키며 살아가는 사람들에게 육상 여자 5,000미터
예선 2조 경기는 근대 올림픽의 창시자 쿠베르탱이 스포츠를 통해
이루고자 했던 가르침을 보여 주었습니다.

위로받지
않고서는

위로받지 않고서는 누군가를 위로할 수 없다. 사랑받지 않고서는 누구도 사랑할 수 없다. 용서받지 않고서는 감히 용서할 수 없고, 나누어 받았다는 사실을 깨닫지 않고서는 나누어 줄 수도 없다.

그렇다.

위로받고, 사랑받고, 용서받고, 나누어 받을 일이 생기는 것은 축복이다. 그래야 비로소 위로하고, 사랑하고, 용서하고, 나누어 줄 수 있으므로….

인간답게

인권의 참된 의미는 인간답게 살 권리, 즉 인간으로서의 존엄과
행복을 추구할 권리이지 인간 마음대로 살 권리가 아니다. 인권을
'인간답게'가 아니라 '인간중심'으로 이해하는 사람들은 인간의
권리가 욕망의 충족까지 포함한다고 착각한다. 그러나 진정한
인권은 인간이 인간의 의무를 올바로 이해하고 지켜 나갈 때,
그때 자연스럽게 지켜진다.

'인간답다'라는 말은 인간이 인간으로서 해야 하는 것을 하고,
해서는 안 되는 것을 하지 않을 때 쓰는 말이다. 인간의 권리는
똑같은 질량의 인간다운 의무를 요구한다.

두 가지
비극

인터넷에서 본 그림이 있습니다. 가방을 멘 두 학생(A와 B라고 합시다)
이 있고 각자의 앞에 계단이 놓여 있습니다. A 학생 앞에는
만 원짜리 지폐를 쌓아 만든 듯한, 나지막한 계단이 있습니다.
B 학생의 계단은 자신의 키보다 높아서 안간힘을 쓰며 올라가야
합니다. B 학생은 저만치 앞서 올라가는 A 학생을 부러운 듯
쳐다봅니다. 뒤선 사람은 바로 성공이 전부였던 어린 시절
제 모습입니다. 그렇게 안간힘을 쓰다가 기어이 오른 저 위.
그곳에서 제가 느낀 것은 잠깐의 만족 뒤에 찾아오는 기나긴
허무함이었습니다.

"인간에게는 두 가지 비극이 있다. 하나는 원하는 것을 갖지
못하는 것이고 다른 하나는 원하는 것을 갖는 것이다"(오스카 와일드).

성공이 삶의 기준이라면 이 그림이 불공평을 의미하지만,
누군가에게는 불공평과 상관없는 그림일 수도 있습니다. 성공이
삶의 기준이 아니라 가치관이 삶의 기준이 되는 삶, 그래서 성공이
아닌 가치관이 공평의 기준이 되는 삶! 꽃은 내려가는 사람에게만
보이는 법입니다.

멘탈
게임

2000년 12월 한국 축구대표팀 감독이 된 히딩크 감독의
첫 일성은 한국 축구는 "기술은 좋은데 체력이 약하다"였다.
그전까지 절대 다수의 축구 전문가들이 꼽은 한국 축구의 약점은
'기술'이고 장점은 '체력'이었기에 이 말은 충격적이었다. 우리는
히딩크 감독이라는 외부의 시선을 통해 그동안 자신을 얼마나
오해했는지 알게 됐다.

그로부터 20년이 되어 가는 지금, 여전히 남은 오해는 한국 축구는
유럽 축구보다 정신력이 강하다는 것이다. 결론부터 말하면, 유럽
축구가 한국 축구보다 확실히 더 나은 것이 '멘탈'이다. 멘탈이란
자신보다 강한 자 앞이나 반드시 이겨야 하는 경기 앞에서
밀려오는 두려움을 이겨 낼 수 있는 능력이다. 약한 상대를 쉽게
생각하지 않는 것, 경기장에서 자신의 감정을 통제하는 능력, 졌을
때 쏟아지는 여론의 비난을 이겨 내는 것, 이겼을 때 쏟아지는
칭찬을 가려들을 줄 아는 것도 멘탈에 속한다. 경기장 밖에서의
생활이 경기장 안으로 이어진다는 사실을 아는 것도 멘탈이다.

멘탈은 경기 당일 "한번 해보자!" 외치는 것으로 만들어지지
않는다. 가장 강력한 멘탈은 훈련장에서, 일상에서 만들어진다.
축구 선수에게 멘탈은 필수적인 요소다. 축구는 결국 멘탈
게임이다.

나엘이의
헛다리
드리블

둘째 나엘이와 함께 축구를 한다. 한 번도 알려 준 적 없는 헛다리
드리블을 한다. 아이들은 듣고 배우기보다는, 보고 배운다. 나는
말로 삶을 가르치고 지식으로 믿음을 가르치려 했는데….

히딩크의
진짜
능력

저는 은퇴할 때까지 외국 지도자 130여 명을 포함하여 200여 명의 지도자들을 만났고, 각 나라 문화에서 오는 다양한 지도력을 배울 기회가 있었습니다. 좋은 지도자들은 결정적인 순간에 꼭 필요한 한마디로 상황을 급반전시키는 능력이 있었습니다. 저는 지도력은 '사람의 마음을 움직이는 힘'이라고 결론을 내렸습니다.

한국 대표팀에서 히딩크 감독을 보고 놀란 것은 적절한 순간에 꼭 필요한 말을 한다는 사실이었습니다. 경기장에서, 훈련장에서, 식사 시간에…. 히딩크 감독의 몸짓, 표정, 말은 마음을 잡아끄는 특별한 매력이 있었습니다.

그러나 네덜란드에서 히딩크 감독과 3년을 보내면서 말의 힘은 말할 때가 아니라 말하지 않을 때 나온다는 사실을 배웠습니다. 해서는 안 될 말에 부정적인 반응을 하는 선수가 꼭 필요한 말에 반응하는 선수보다 훨씬 많습니다. 지도자에게 중요한 것은 상황을 꿰뚫는 한마디이지만 더 중요한 것은 해서는 안 될 말을 하지 않는 것입니다. 침묵이 최고의 언어가 될 때가 있습니다.

자진신고

2015년 1월, 아시안컵 중계방송을 위해 경기 전날 대표팀 훈련장을 방문했습니다. 대표팀에서 동고동락했던 기성용 선수가 7, 8년 가까이 된 내 구두를 보고는 너무 오래돼 보인다며 바꾸라는 조언을 해주었습니다. 조금 낡기는 했지만 튼튼한 가죽이어서 신을 만했고 디자인도 제 눈에는 괜찮은 구두였습니다. 하지만 중계 때문에 비행기 이동이 많았던 저는 매번 구두를 챙겨야 하는 불편함을 덜기 위해 서울에 두고 신을 구두를 사기로 마음먹고, 서울로 오기 직전 오래 신을 수 있는 품질 좋은 구두를 하나 샀습니다. 그런데 비행기 안에서 세관신고서를 받아들면서 고민이 있었습니다. 구두는 세금 포함 20달러 정도면 세금을 내야 하며, 자진신고하라고 적혀 있었기 때문입니다. 20달러 때문에 신고를 하면 오히려 일하시는 분들이 귀찮을 것이고 가방 검사를 하면 시간도 걸린다는 생각이 들었습니다. 그러나 고민 끝에 결국 자진신고하기로 마음먹고 신고서를 작성했습니다. 비행기에서 내려 세관 직원에게 이야기하자 그분은 미소를 띠며 내 말을 믿어주었습니다. 순간 마음속에서 작은 기쁨이 느껴졌습니다.

작은 균열이 댐을 붕괴시키듯 작은 것에 정직하지 못한 사람은 결국 큰 것에도 정직할 수 없습니다. '깨어 있으라'라는 말의 의미를 다시 한 번 되뇐 날이었습니다.

콘월파크
분화구
정상에서

오클랜드 최고의 관광지이자 시내 전경이 한눈에 내려다보이는 콘월파크 분화구 정상에는 200여 년 전 백인과 뉴질랜드 원주민이 평화협정을 맺으며 세운 와이탕이 조약 기념탑이 있습니다. 분화구 정상에는 수년 전까지 엄청나게 큰 나무가 있었는데, 백인들이 평화협정을 이행하지 않고 원주민의 인권을 지켜 주지 않은 부당함에 항의해 온 원주민 족장이 근 천 년 나이의 나무를 전기톱으로 잘라 버린 것입니다. 그는 20년이 넘는 중형을 선고받았습니다.

도시 한가운데 우뚝 솟은 분화구 정상에 서 있던 웅장한 나무가 사라져 버린 그날, 수많은 오클랜드 사람들이 검은 깃발을 내걸고 울었다고 합니다. 오클랜드의 상징적인 나무가 사라졌다는 사실에 눈물을 흘리는 백인들이, 함께 살아가고 있는 원주민들을 위해 눈물을 흘릴 줄 모른다는 것에 놀랐습니다. 사랑하는 나무를 위해 우는 백인들과 나라를 빼앗겨 버린 원주민들의 눈물. 그 앞에 서 있는 제 기분은 혼란스러웠습니다.

눈물은 언제나 우리의 진심입니다. 그러나 우리의 진심이 언제나 올바른 것은 아닙니다. 돌아오는 비행기 안에서, 저 또한 사랑하는 나무 때문에 더 중요한 것을 잊고 사는 건 아닌지… 한참을 생각했습니다.

4

어디에
내 인생을
걸까

17세기 프랑스의 수학자이면서 철학자였던 파스칼은 '인생은 도박이다'라는 취지의 말을 남겼습니다. 저는 종종 이 말을 하나님 믿기를 주저하는 사람들에게 해주곤 합니다. 이 말은 '어차피 한 번 사는 인생 화끈하게 살자'는 뜻이 아니라 절대 질 수 없는 완벽한 게임에 우리 모두를 초대하는 초대장입니다.

천국이 진짜 있는지 없는지 확신할 수 없는 50대 50 상황에서 하나님을 믿기로 결정하고 인생을 베팅해서 이긴다면 그는 천국의 기쁨을 만끽할 것입니다. 설사 졌다 하더라도 하나님이 없기 때문에 그곳에는 천국과 지옥이 없을 뿐 아니라 그 어떤 고통도 기쁨도 없는 무승부 상태가 됩니다. 반대로 하나님이 살아 계시지 않는다는 것에 베팅을 하여 이길 경우, 죽음 이후 무승부 상태가 될 것이고 만약 베팅에서 진다면 지옥이 존재하기에 그는 고통 속에 있을 수밖에 없습니다.

파스칼은 하나님을 믿는 사람들은 밑져야 본전이고, 하나님을 선택하지 않은 사람들은 이겨야 본전이며 혹 진다면 엄청난 고통이 기다리고 있다고 말합니다. 오늘을 살아가는 우리 모두는 의식적이든 무의식적이든 현재 이 도박을 하고 있는 사람들입니다. 여러분은 어디에 여러분의 인생을 걸겠습니까?

기회처럼
다가오는
유혹

정신을 혼미하게 하여 올바른 판단을 하지 못하게 만들고, 결국 나쁜 길로 이끌고 마는 유혹은 언제나 기회처럼 다가온다. 마음 깊은 곳에 숨어 있는 탐욕과 쾌락은 유혹에 민첩하게 반응하고 우리가 생각할 시간을 주지 않는다. 그리고 결국 파멸로 이끈다. "기회처럼 다가오는 유혹을 조심하라!"(Never Confuse Temptation with Opportunity!)

직업
연기

스포츠 브랜드 광고를 찍으면서 열 가지가 넘는 다양한 직업을
연기한 적이 있습니다. 그중 하나가 작업복을 입고 페인트칠을
하는 역이었습니다. 막상 허름한 옷을 입고 연장을 손에 쥐고 보니
노동하는 사람이 된 기분과 함께 '나는 도대체 정말 누구일까?'
하는 근본적인 자문이 들기 시작했습니다. 축구선수라는 옷을
입고 많은 사람들에게 환호를 받았기에 잠시 잊고 있었던 나의
정체성(존재적 죄인!). 그러나 주님께서는 십자가 사랑을 통해 나에게
면류관을 주시고 의인이라고 불러 주셨습니다. 심판, 경찰, 일용직
노동자, 코치, 배달원, 선생님 등의 옷을 입으면 그 옷에 맞는
역할이 주어지고 그 역할을 하는 것이 더 자연스러워지는 것을
느끼면서, 주님을 따르는 자의 옷을 입는다면 주님을 따르는
일이 더 쉽고 더 자연스러워지지 않을까 생각했습니다. 오늘은
나 자신이 지금 무슨 옷을 입고 있는지부터 곰곰이 생각해
봐야겠습니다.

결혼보다
사랑이
우선

한 청년이 나에게 물었다.

"꼭 예수님을 믿어야 천국에 가나요?"

그렇다고 답하자 청년이 다시 묻는다.

"그럼 형은 천국에 가기 위해 예수님을 믿나요?"

-.-

사랑하는 사람은 사랑하기 때문에 결혼하지 결혼하기 위해
사랑하지 않는다. 믿는 자들에게 천국은 최종 목적지가 아니라
영원한 사랑으로 들어가는 문일 뿐이다. 사랑의 목적이 결혼이
아니라 오직 그(녀)인 것처럼…. 우리가 천국을 사모하는 것은
그곳에 그분이 계시기 때문이다!

정전이
준
깨달음

밴쿠버에 사는 5년 동안 한 번도 본 적이 없었던 폭설이 내린 새벽. 잠에서 깬 나는 동네에 있는 작은 카페 앞에 차를 세우고 기도를 했다. 기도를 마치고 눈을 떴을 때 폭설 때문인지 마을 전체가 정전이 되어 아무것도 보이지 않았다. 전기가 들어오길 기다렸다가 커피를 사 갈까, 그냥 집에 갈까 아무것도 보이지 않는 차 안에서 잠시 고민하고 있을 때였다. 문득 '두 눈이 있어도 빛이 없으면 아무것도 보이지 않는구나!'라는 생각이 들었다. 지금까지 나는 내 눈으로 빛을 본다고 생각했다. 그러나 그것은 완전한 착각이었다. 그렇다. 내가 빛을 보는 것이 아니라 빛이 나를 보게 한다.

"하나님은 빛이시라 그에게는 어두움이 조금도 없으시니라"(요일 1:5).

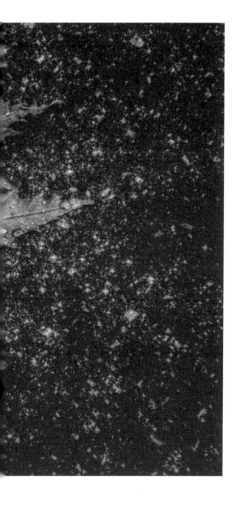

최소한
정직한 척

작은딸이 망가진 내 선글라스를 들고 급하게 방으로 들어왔다.
"아빠! 이 선글라스 떨어졌는데, 제가 안 그랬어요."
잠시 딸의 얼굴을 살핀 나는 물었다. "나엘아, 아빠가 제일
싫어하는 게 뭐지?" "거짓말요." "선글라스 누가 떨어뜨렸어?"
"음, 내가 안 그랬는데 누가 그랬지?" 다시 물었다. "나엘아, 아빠가
제일 싫어하는 게 뭐지?" "거짓말요." "선글라스 누가 떨어뜨렸어?"
"음, 내가 그랬나?" 한 번 더 물었을 때 딸아이는 "아빠 죄송해요.
제가 그랬어요" 하며 울기 시작했다. 나는 아이를 안아 주며
정직하게 말한 것을 칭찬한 후 정직이 얼마나 어려운 일인지
설명해 줬다.

나 또한 그리스도인은 정직해야 한다는 생각으로 몇 번이고
마음을 고쳐 세우지만 결국 드러나고 마는 내 거짓 앞에 어느덧
마음가짐이 '정직한 사람이 되자'에서 '나는 영원히 정직한 사람이
될 수 없다'로, 그리고 지금은 내가 영원히 정직한 사람이 될 수
없다면 '정직한 척하자'로 바뀌었다. 축구 선수로 은퇴식을 한
내게 작은딸이 보낸 편지는 이렇게 끝이 난다. "아빠는 정직한
사람이에요." 그래, 정직할 수 있는 착함이 없다면 정직한 척이라도
하자. 최소한 우리 아이에게라도. 누가 보든 보지 않든 정직한
척하자. 어쩌면 주님은 우리의 정직한 척을, 진짜 정직으로 받아
주실지도 모르겠다.

새벽 3시
비상벨

가족여행을 갔습니다. 긴 이동 시간 때문에 평소보다 일찍 잠자리에 들었던 첫날 새벽 3시. 난데없는 긴급대피 안내방송과 함께 요란한 비상벨이 숙소를 뒤흔들었습니다. 난생처음 간 곳에서 생긴 갑작스러운 상황에 저는 창문 밖과 복도 상황을 살핀 후 지갑과 휴대전화, 겉옷을 챙겨 아내와 아이들과 함께 15층에서 계단을 통해 숙소를 빠져 나왔습니다. 다급하게 빠져나온 투숙객들 사이에서 마음을 진정시키고 있을 때쯤 문득 '주님께서도 이렇듯 생각지도 못한 순간에 오시겠구나!' 하는 생각이 들었습니다. 위급한 상황에서 챙겨 나간 지갑과 겉옷, 휴대전화를 바라보면서 주님께서 생각지도 못한 순간 오신다면 내가 지녀야 할 것이 무엇인지 마음 깊이 새긴 시간이었습니다. 여행을 끝내고 돌아왔을 때 큰딸 하엘이가 울먹이면서 말합니다. "돌아오는 비행기 안에서 기도를 하는데 하나님께서 마음속에서 이렇게 물으셨어요. '하엘아, 너는 가족과 함께 허름한 집에서 살래? 아니면 혼자 멋진 성에서 살래?'" 하엘이는 눈물이 났고, 당연히 허름한 집에서 가족과 함께 살겠다고 대답했다 했습니다. 이번 여행에서 가족 모두가 얻은 것은 감사 그리고 세상에서 가장 소중한 것이 무엇인지에 대한 깨달음이었습니다.

뒤바뀐
주인공

브라질 월드컵 축구중계 때문에 한 달 반 동안 열일곱 번 비행기를 타고 돌아다니느라 녹초가 되어 한국에 돌아온 제게 국가유공자 자녀들과 탈북청소년들을 위해 강연을 해 달라는 요청이 왔습니다. 항상 마음에 품고 있던 '탈북청소년'이라는 말이 걸리기는 했지만 장소도 너무 멀고, 무엇보다 쉬고 싶은 마음이 강해 며칠을 고민한 끝에 결국 참여할 수 없다는 통보를 하였습니다.

내가 그곳에 가기를 하나님께서 원하는 것 아닐까 하는 부담감을 의식적으로 무시하고 있을 때쯤, 잘 아는 목사님과 사모님께서 먼 곳에서 찾아오셨고 갑작스러운 방문 이유를 묻는 저와 아내에게 자신도 왜 왔는지 모르겠다며 탈북청소년들 이야기를 꺼내시는 것이었습니다.

저는 다음 날 그 강연에 참석했고, 그곳에 있는 수백 명의 청소년 가운데 탈북청소년 한 명을 만날 수 있었습니다. 하나님은 그 청소년 한 명을 격려하기 위해 저를 보내셨습니다. 또한 하나님의 음성에 민첩하게 반응하지 못하는 저에게 먼 곳에서 사람들을 보내셨습니다. 그날 그 강연의 '주인공'은 그 청소년이요, 저는 그를 위해 하나님께서 사용하신 '조연'이었습니다.

무통주사

우리 가정에 셋째가 생겼다. 아침에 진통이 시작되자마자 병원으로 달려간 아내와 나는 곧바로 분만실로 이동한 후 출산 준비에 들어갔다. 양수가 터지는 바람에 촉진제를 맞고 얼마 지나지 않았을 때 간호사가 요즘 거의 모든 산모가 이 주사를 맞는다며 통증을 없애 주는 무통주사 의향서를 가지고 왔다. 나는 하나님께서 여자에게 해산의 고통을 주신 것과 남자에게 이마에 땀을 흘려야 먹고 살 수 있다고 하신 창세기 3장 16절을 찾아 읽었고, 주님께서 주신 해산의 고통이라면 피하지 말자 이야기했다. 첫째와 둘째 모두 무통주사 없이 출산하여 그 고통을 누구보다 잘 알고 있던 아내는 잠시 고민하더니 내 의견에 따라 무통주사를 맞지 않고 출산하기로 하였다. 하지만 정작 진통이 시작되고 부들부들 고통에 떠는 아내를 보면서 오히려 내 마음이 약해지는 걸 느꼈다.

말씀에 따라 살려는 노력은 힘들고 고통스럽다. 하지만 신기하게도 그런 노력을 통해 느껴지는 기쁨이란 이루 말할 수 없다. 아내와 나는 앞으로도 쉽게 사는 방법과 말씀대로 사는 방법 사이에서 고민할 것이다. 그때마다 주님의 은혜로 선한 선택을 함으로 날마다 기뻐하며 살기를 바랄 뿐이다.

머리카락이
자라는
속도

우연히 하나님 이야기가 나왔을 때 그 자리에 같이 계셨던
노신사 한 분의 말이 머릿속에서 떠나지 않는다.
"하나님 믿고 싶은데 도저히 안 느껴져!"
하나님을 믿는다고 하는 나조차도 매일같이 하나님을 느끼지
못한다고 생각하니 왠지 가슴에 와 닿는 말이기도 했다.

하나님은 느껴져야 믿게 되는 것일까, 아니면 믿으면 느껴지는
것일까? 머리카락이 자라는 속도는 0.016mm/h이고, 지구는
108,000km/h, 즉 마하 88의 엄청난 속도로 움직인다. 지금 이
순간에도 너무 느려서, 너무 빨라서 느끼지 못하는 것이 있다.

그렇다. 느껴지지 않는다 해서 존재하지 않는 것은 아니다. 하지만
느껴지지 않는다고 하는 사람들 앞에서 내가 느끼는 하나님을
설명할 방법이 없다. 마치 사과 맛을 설명으로 느끼게 할 수 없는
것처럼, 내 설명으로 하나님을 느끼게 할 수 없다.

실오라기
하나

예배 시간. 작은 실오라기 하나가 날아올라 앞사람 어깨에
내려앉았다. 그런데 그분은 알아채지 못했다. 문득 실오라기보다
더 가벼울 수 있는 성령님의 임재를 우리가 느끼지 못하는 것은
당연한 일일 수도 있겠다는 생각이 들었다.

어떻게 생각해 보면 "오늘 은혜 받았어요"라는 말은 잘못된 말이다.
하나님의 은혜는 매일 매 순간 임하고 있기 때문이다.
다만 실오라기가 어깨에 내려앉듯 느끼지 못했던 것뿐…. 오늘 다시
한 번 깨닫는다. 하나님의 은혜는 내가 상상하고 느끼는 것보다 늘
더 넓고 깊다.

말하지 않아야 할 때

이영표의 말

The Words of Lee, Youngpyo

2018. 6. 21. 초판 1쇄 인쇄
2018. 6. 29. 초판 1쇄 발행

지은이 이영표
펴낸이 정애주
국효숙 김기민 김의연 김준표 김진원 박세정 송승호 오민택 오형탁
윤진숙 임승철 임영주 임진아 정성혜 차길환 최선경 한미영 허은
펴낸곳 주식회사 홍성사
등록번호 제1-499호 1977. 8. 1.
주소 (04084) 서울시 마포구 양화진4길 3
전화 02) 333-5161
팩스 02) 333-5165
홈페이지 hongsungsa.com
이메일 hsbooks@hsbooks.com
페이스북 facebook.com/hongsungsa
양화진책방 02) 333-5163

ⓒ 이영표, 2018

• 잘못된 책은 바꿔 드립니다.
• 책값은 뒤표지에 있습니다.
• 이 도서의 국립중앙도서관 출판예정도서목록(CIP)은
  서지정보유통지원시스템 홈페이지(http://seoji.nl.go.kr)와
  국가자료공동목록시스템(http://www.nl.go.kr/kolisnet)에서
  이용하실 수 있습니다.(CIP제어번호: CIP2018018798)

ISBN 978-89-365-1292-7 (03810)